自然と共に

自然と共に育ち　共に生きる「共育・共生」

自然を愛する会
登山専門店シェルパ　阿南誠志

読者ひろば面「わたしを語る」

「シェルパ」創業の阿南さん登場

熊本日日新聞の読者ひろば面に毎日掲載している「わたしを語る」。２０１９（令和元）年8月10日からは、熊本市のアウトドア&登山専門店「シェルパ」を創業して半世紀になる阿南誠志さん（71）が登場します。

阿南さんは登山などの野外活動や青少年育成、災害ボランティアを展開する「自然を愛する会」代表。同会主催の小中学生が大分市から熊本市まで１２５キロを歩く「参勤交代・九州横断徒歩の旅」は２０１９年で42回を数え、熊本の夏休みの恒例行事になっています。

山村留学、海外登山遠征、登山技術を生かした災害支援など「自然と共に育ち、共に生きる」をモットーにした人生の軌跡を振り返ってもらいます。

熊本日日新聞　２０１９（令和元）年7月20日付　朝刊　担当・木村彰宏

自然人　阿南誠志

大吉・志武喜の2人旅　まゆみの実家天草へバスで行く息子を心配しながら見送るまゆみ

10月10日シェルパ創業感謝記念登山　野の花の郷で昼食会
自然を愛する会の会員さんと共に!!

阿蘇くじゅう高原ユースホステルでまゆみと共に
（写真撮影　川口新実さん）

「シェルパ」の店先。家族みんなで

自然と共に

まえがき

山から木材を馬が引き出している光景を子どもの頃に見た記憶があります。馬は前足を地面にたたきつけるようにひづめを立て、後ろ足は筋肉ある限り引っ張っており、馬の体からは湯気がたちのぼって力強さを感じました。私には馬車馬のような力はなく前に進むだけで精一杯であり、振り返る余裕もないまま71年が過ぎようとしていました。2019年の春に熊本日日新聞社の木村彰宏さんから「シリーズ『わたしを語る』に執筆してくれませんか」との話がありました。私にはそんな人様の前で語るようなこともなく、「私にはできません」と伝えました。しかし、南小国町のユースホステルまで足を運んでいただいた木村さんの熱意に応えることができるか不安もありましたが、今日までがむしゃらに生活してきましたので、自分を振り返ることができるのではと思い直して書くことにしました。

ベビーブームと言われた時代に生まれ、幼いときは家族写真など撮ることなく、卒業アルバムの集合写真があるくらいですので、記憶をたどりながら原稿を書きました。父や母の苦労は並たいていのことではなかったと聞いていましたが、私は食うのに困ったことはありませんでした。

私は草部小中学校の義務教育を終えた後、専門学校に進学しましたが、学生として青春を謳歌したことはなかったと思います。ですから中学時代が私の良き学生時代です。卒業するときに同窓会の名前を「草笛会」として56年になりますが今でも毎年会って昔話に花を咲かせます。すばらしい竹馬の友です。

15歳の時、登山を始め自然と共に生きる運命だったと思います。25歳までの下積み時代の私の悩みは冬になると足にしもやけができ、階段の上り下りの時に足がジンジンして痛んだことです。しもやけが良くなるように春を待ち焦がれていました。今考えると嘘のような話です。しかしこの下積みの生活は、私の基礎の基礎をつくりました。

23歳の時、バングラデシュで食べ物がなくて亡くなる人を見て自分の生き方を根本的に考えるチャンスをいただきました。「生きている証」を実践したい、「自然と共に育ち共に生きる、共育・共生」を私の生活すべての生き方にしたいと決意しました。私がなにか行動を起こすときは必ず「自然と関わるか」「共（友）がいるか」「生活はできるか」「喜んでいるか」などを考えて実践しました。

25歳で登山専門店「シェルパ」を起業しましたが、すべて「共育・共生」を基本理念にしました。自然が大好きな皆さまに支えていただき、確かな登山専門店として今に至っています。また、登山やハイキングなど一緒に歩くことを実践する「自然を愛する会」もできました。自然を愛する会の皆さんといつも一緒に歩いてきました。皆さまと共にいることを伝え、私の思いを伝えるために会報は創業から発行しています。最初は鉄筆を使ってのガリ版刷りで10年後に白黒印刷になり、現在はカラーでお届けしています。自然を愛する会の会費3千円（年間）は47年前のままです。今回の「わたしを語る」は、会報誌「連山」をまとめさせていただいたようなもので、私の軌跡そのままです。

これまで出会えた方とは偶然ではなく、出会えるべくして出会えた方でした。私にとっては師匠であり共に生きる方です。感謝でいっぱいです。

熊日の木村さんのおかげで、私なりの生き方を振り返る機会をいただきました。心よりお礼申し上げます。

今回、表紙絵の阿蘇くじゅう高原ユースホステルは中学校の恩師、怒留湯誓先生が自然大好きな私の気持ちを描いてくださいました。

「自然と共に」の題字は書家、福嶋藍水（美紀）さん（荒尾市）が書いてくださいました。福嶋さんの息子3人は参勤交代の旅や東京～熊本城自転車の旅で共に歩いた家族です。私には最高の表紙になりました。ありがとうございました。

これからも皆さまと共に生きることが私の願いです。

目　次

1人で歩いた夜の山道

1948（昭和23）年2月、高森町草部の農家で、10人きょうだいの9番目に生まれました。家族が多いので、こたつは満杯で常に誰かはみ出していました。父は厳格な人で私はよく怒られ、タバコのキセルで頭を打たれました。息が詰まるほどの痛さでしたから「タバコはダメだ」と子ども心に思い、今までタバコを口にしたことは一度もありません。反面教師です。

百姓の子だくさんで、父と母の忙しさは計り知れませんが、苦労とか貧乏など考えたことはなく、ひもじい思いをしたこともありません。父や兄は夜が明けないうちに草刈りに行き、牛の背いっぱいに牛の餌になる草を集め、私が起きる頃には帰ってきました。母はみんなの食事から子どもたちの弁当、昼は畑仕事と体を休めることなどなかったと思います。

母のただ一枚の大切な写真

教科書は無償配布ではなく買うのですが、ほとんど兄姉のお下がり。国語の本などは何ページも破れていて、読めないところは隣の人と、もやい読みでした。

家族の生活はお米と、牛を大きく育て売ることでした。10歳のとき、20キロ離れた高森町の牛の競り市について行ったことがあります。兄たちと子牛を追いながら歩いて行き、小遣いと帰りのバス代をもらいました。その頃学校で将棋の積み木崩しがはやっていて、小遣いとバス代を使って将棋のこまを買い、1人で山道を歩いて帰ることにしました。

高森峠を越える頃から日が暮れ、暗闇の中、家もない山道を1人で帰るのです。だんだん怖くなり泣きながら走るように帰っていると、遠くにちょうちんの明かりが見えました。母が山道を途中まで迎えに来てくれたのです。このときのうれしさを忘れられません。今も母を思う時に一番先に浮かぶ母の姿です。

父には、よく叱られましたがかわいがってもらいました。家族旅行などはしていませんが、近くの小さな川で釣りに行ったことなどが思い出です。現代ならこの世に生まれない10人きょうだいとして生まれただけでも、父と母をありがたく思うものです。

恩師と慕う3人の思い出

私が恩師と仰ぎ、今も慕う中学時代の先生が3人います。3年生の夏に父が亡くなりました。授業中に高木恵子先生が廊下を走ってきて教室に入るなり私を抱き締め、「頑張らんといかんよ、今お父さんが亡くなったと連絡が来た」と泣きながら言われました。私は父の死の悲しみもありましたが、高木先生に抱き締められたことがうれしく、印象に残っています。

田舎の学校で新任の若い先生が多く、何でも話せました。特に高木先生は何でも相談できるお姉さんのような存在でした。

2年生から英語と農業のどちらかを選択する時代でした。進学する人は英語。私は就職すると思っていましたから農業を選択しました。学校の田んぼは広く子どもの私たちでは管理できません。私の代わりに兄の敬男が田んぼの水を開けたり管理をしました。教室で勉強するより外で遊ぶことが大好きでしたから、体を動かし汗することは気にもなりません。

父の死後、担任の松高文武先生が、私を進学させたらどうかと兄を説得しました。私の人生の進路を決めた大切な恩師です。「これからは英語も必要だから」とラジオとNHK基礎英語のテキストを貸していただき、勉強するように勧められました。家にはテレビもなく、お借りしたラジオで勉強ではなく音楽を聴いたものです。

もう一人は社会と図工の怒留湯誓先生です。日曜日に先生がスケッチに行かれるとき数人の生徒が一緒に行きました。山道の案内とヘビなどを追うためでした。私はお昼に先生がくれるパンを食べたくて同行しました。家が百姓ですから食うに困ったことはありませんが、パンなどなかなか食べることもありませんでしたので、先生からいただいたあんパンの味は今も覚えています。

怒留湯先生が描く田舎の風景は写真のようでした。私もまね事で先生の絵筆を借りスケッチしているうちに絵が好きになりました。今でも山に登るときスケッチして思い出にしています。

5年前に怒留湯先生から1枚の絵が額縁に入って送られてきました。私が中学生の時に書いた絵で、手紙に「これまで教材として使わせてもらった」と書いてありました。50年ぶりに帰ってきた大切な絵です。

草部中学校は小学校と共に廃校になりました。廃校前日に同級生で学校に集まり「思い出授業」をしました。恩師の高木先生、怒留湯先生が教壇に立ち、学生時代の思い出話や校歌を歌い恩師や同級生との絆に感謝したものでした。卒業から57年たった今も毎年会い、親交を温めています。

中学3年の時に描いたスケッチ画

商人魂「人の3倍働け」

中学3年生の数カ月の勉強で高校に進学することもできず、専門学校に行くことになり、熊本市内の伯父を頼って行くことになりました。

伯父の神谷定《さだむ》は母の兄で熊本市東唐人町の繊維問屋を経営していました。下宿代や食費はいらず、学費も出してもらい、お金がかからないので母たちも喜んでいました。私は何も分からないまま、従業員の方々と同じ部屋で寝起きし、朝の掃除などして学校に行きました。帰ったら雑用を手伝うのが日課でしたが、居候の身で肩身の狭い思いもしました。

ソロバン簿記の専門学校に行くように伯父に言われ二年間通いました。卒業と同時に、そのまま伯父の会社の経理部門で働くよう既成の事実が出来上がっていました。

私の生まれた草部の日本に3社しかない下り宮「草部吉見神社」

伯父は、厳しい人でした。養子として神谷家に入り、戦中戦後と厳しい時代に商いをしてきた人です。「伯父さん」と甘えたこともありません。とにかく誰よりも早く起きて、人の3倍働けと教えられました。入社したらすぐに伯父の家に住むことになり、朝5時に起きて、広い庭の草刈りや掃除などの雑用を済ませて出勤です。

問屋ですから、昼は荷物の着荷や出荷などがあります。機械ではなく手作業の仕事です。夕方から経理事務を手伝い、ほとんど休みもなく、夜なべ（残業）は当たり前の生活。でっち奉公みたいなものでしたが、学校に行かせていただいた恩義もあり、伯父の会社で仕事をすることで母も安心して喜んでいました。生涯ここで働くことが約束されていたように思います。

18歳の時、営業にも出させてもらうことになりました。小売店やデパートなど訪ねては注文をいただく仕事です。デパートなどスタッフの方が出勤するよりも朝早く出向き、在庫を調べました。担当者の方にもかわいがっていただきました。

お得意様から田舎者の私を褒めていただき、時には一緒に食事までごちそうになることもあり、人の温かさが身に染みました。人の3倍働くことはできませんでしたが、働くこと、体を動かすことは苦にはなりません。商売の面白さも自然と身に染みていきました。

なお、まだ専門学校に通っていた15歳の夏。伯父家族が、孫を連れて九重連山の麓の長者原に静養に行くことになり、私も孫の遊び相手として連れて行かれました。

「明日は久住に登るぞ」。伯父のこの一言が、私の人生を大きく変えることになります。

人生変えた15歳の久住登山

初めての山登りは久住山でした。私は登山を知らず、中学校の遠足で歩いた高森町草部の下切山《したぎりやま》ぐらいの軽い気持ちでした。

登山口から間もなく、登山者が「おはようございます」「頑張ってください」と笑顔で声を掛けます。伯父に連れられた登山で「伯父は顔が広かなあ」と思っていたら、私にも同じように声が掛かりました。初めて会った人があいさつするなどびっくりしましたが笑顔であいさつされ、いっぺんに山が好きになりました。登山が好きになったと言うより、登山する人との出会いで山が好きになりました。山頂では360度に広がるくじゅう高原と阿蘇五岳や祖母山などの大パノラマに魅了されました。

「登山はいいなあ～」。私の登山人生が始まりました。久住登山が私と登山を結びつけた原点になりましたが、私の人生をこれほどまでに変えるとは思いませんでした。15歳の夏の出来事です。それから休みは必ず久住登山です。登山道具を買うこともできず運動靴に軽装で登っていました。

秋も深まる久住山で深い霧雨のなか、視界が悪く道に迷い遭難しました。地図やコンパスも持たず数時間山の中をさまよいました。この時の心細かったこと。今でも思い出すと怖くなります。大きな声で叫び続け返事が返ってきたときは、「助かった」と声に向かって一目散に走るようにして近づいて行きました。5人のグループと合流できましたが、私の姿を見て「山をなめたらいかん」と言われ、登山靴や雨具など道具を教えていただきました。

15歳の頃、阿蘇の高岳山頂で

仕事が休みになると一番列車で宮地駅まで行き阿蘇高岳に登りました。登山する人の服装も魅力でした。ニッカズボンにキスリングザックと一つ一つの山道具がそろうたびにワクワクしました。登山靴は高額でしたから毎月積み立て1年かけてようやく手に入れました。山道具を買うのが楽しみになりました。

一人で登る山は限られていました。宮地駅から仙酔峡まで歩いて仙酔尾根（通称バカ尾根）を登り高岳山頂です。ひとつ覚えのように高岳が好きで登りました。高岳東峰でスケッチをされている女性がいました。池永久美子さんです。素晴らしいスケッチを拝見して感動しました。登山だけでなく手軽にスケッチできることを知り、私もすぐにスケッチブックを買い求めました。仙酔峡では多くのクライマーを見ました。阿蘇の岩場、鷲《わし》が峰《みね》に登るクライマーたちはかっこよく憧れましたが、岩登りは別世界だと思っていました。

グループ登山やバーナーを使って一緒に食事を楽しむ姿を見かけるようになりました。なかなか飛び込むことができませんでしたが、ＹＭＣＡに山岳会があることを知り訪ねました。

ＹＭＣＡの山岳会に入会

山で会う人の話や本などから、屋久島や日本アルプスなど高い峰への夢は膨らんでいきます。登山のことも勉強したいという思いから、職場に近い新町ＹＭＣＡを訪ね「飯ごう会」という山岳会に入会させていただくことになりました。

ガソリンこんろの火の付け方や天気図の読み方作り方など、学ぶことも多くありましたが、何より、会長の高浜省三さんや山仲間と話ができるのがうれしくて、例会が楽しみでした。

当時は社会人山岳部の全盛時代。県庁や市役所に、国鉄や九州電力、電電九州など官公庁や企業内に登山組織ができ、活発に活動していました。１９５３（昭和28）年、ヒラリーが世界最高峰エベレストを登頂し、世界の登山者がわれ先にアタックし始めました。日本でも新聞社やテレビ局をスポンサーにエベレストを目指す登山者も多く、登山界が盛り上がっていました。まとまった休みもとれない私には、かなわぬ夢でしたが、山道を歩くたび道の先に雪をかぶったエベレストの風景が浮かんだものです。

グループでの山歩きに移行するとキャンプや遠征もできるようになり登山範囲も広くなります。数年たつと登山部のリーダーになりました。ＹＭＣＡに集うサークルの若者たちや職員の皆さんとも親しくなり、ＹＭＣＡ活動にも興味を持つようになりました。

ＹＭＣＡがキリスト教の団体であることも知らなかったのですが、世界に開かれた

阿蘇の高岳でYMCAの「飯ごう会」の仲間と。左が私、中が高浜誠治さん、右が高浜省三さん

団体で、日本各地に拠点があり、青年たちの交流があることも知りました。厳しい伯父もなぜかＹＭＣＡに行くことは許していました。日本各地から人が集まるＹＭＣＡ研修会にも参加させていただくようになり、ますます青年活動に深くかかわるようになり、役員も引き受けました。

私の人生の大きな転機をつくる出来事がありました。23歳のとき、日本ＹＭＣＡ同盟主催のアジアスタディーツアーに参加しました。訪ねたのはバングラデシュ、ビルマ（現ミャンマー）、タイ、香港です。

バングラデシュがまだ東パキスタンだった１９７０年、ベンガル湾で大洪水が起きました。死者30万～50万人ともいわれる史上最大級のサイクロンでした。翌年に訪ねた独立して間もないバングラデシュは悲惨なものでした。車には子どもたちが群がって物乞いをします。街では異臭さえ感じるようでした。路上では人がうずくまって寝ています。そして、死んでいく人たちを見ました。私は同じ地球上でこんなにも苦しい悲しい出来事があることを知りとてもショックでした。

生かされている証し

バングラデシュで食べ物がなく飢え死にする子どもたちがいることを知りました。多感な23歳の私には、あまりにも大きな体験でした。自分の生き方が土台から揺らぎました。「自分が自分らしく生きることがあるのではないか」と思いは募り、会社を辞めることを決心しました。

しかし、伯父の会社で学校にも行かせてもらった恩義があり、母も安定したこの会社で生涯働くことを喜んでいましたので、辞めることは容易ではありませんでした。母を説得に実家へ帰るのですが、許しが出ません。そのころＹＭＣＡ山岳部で、後に妻となるまゆみと知り合い「自分たちの納得する生き方をしたい」と、２人で夢を描くようになりました。２年ほど経ち母を説得に帰る夜道で車の前に銀キツネが現れました。私には何気ないことで「きれいだなぁ～」くらいに思ったことでし

洗礼を受けた熊本草葉町教会

た。帰ってからキツネを見たことを母に話すと「キツネは悪いことは鳴いて知らせ、良い知らせは現れて知らせる」という迷信を信じる母は会社を辞める事と、「まゆみさんが一緒なら」と結婚も許してくれました。今でもキツネを見ると幸せの使いだと心和み、母を思い出します。

ゼロからの出発に2人の夢は膨らみました。迷わず山の店を作ることにしました。無鉄砲でしたが若さゆえ怖さ知らずのことでした。そして「生かされている証し」を示すことを生涯の基本にしました。当時YMCA総主事の廣石鑑光先生の家族は熱心なクリスチャンで、私も影響を受けました。結婚を決めるときも相談し仲人をお願いしました。廣石先生から「自然に感謝する心」「自然の魅力を自分の心と体で感じること」そして「己を愛するように隣人を愛せよ」と教えていただき、私の誓約となりました。

結婚と同時に草葉町教会の矢崎邦彦牧師の司式で洗礼を受けました。矢崎牧師ご夫妻の導きでクリスチャンとしての道を歩くことになりました。私は日曜礼拝にもほとんど出席せず、登山と仕事に明け暮れ「自然崇拝だ」と言いながらその日暮らしですが、まゆみは熱心にクリスチャンとしての信仰生活を続けています。家族全員がまゆみの信仰生活をよりどころにして暮しているようです。

「シェルパ」創業の日

25歳の脱サラです。いよいよ山の店を出す時が来ました。山仲間が集まって店の名前付けです。当時の熊本県山岳連盟会長、吉田学さんが「エベレストに世界で最初に登ったヒラリーさんに同行したネパール高地民族のガイド『シェルパテンジン』にちなみ、『シェルパアナン』でどうか」と提案されました。私は行ったことのないネパールの名前に違和感もありましたが賛成多数で決定です。

熊本市味噌天神の九学通りに5坪の小さな店を借りました。家賃1万7千円です。「これなら1年ぐらいは払えるだろう」とアパートより安い店舗兼住宅でした。店の奥に畳4枚の部屋がひとつだけありました。まゆみの両親がタンスや着物など買いましたが置く所も無く、畳1枚を取り外し冷蔵庫と小さな流し台を置き、小さな整理タンスひとつでまゆみと夫婦2人の生活が始まりました。

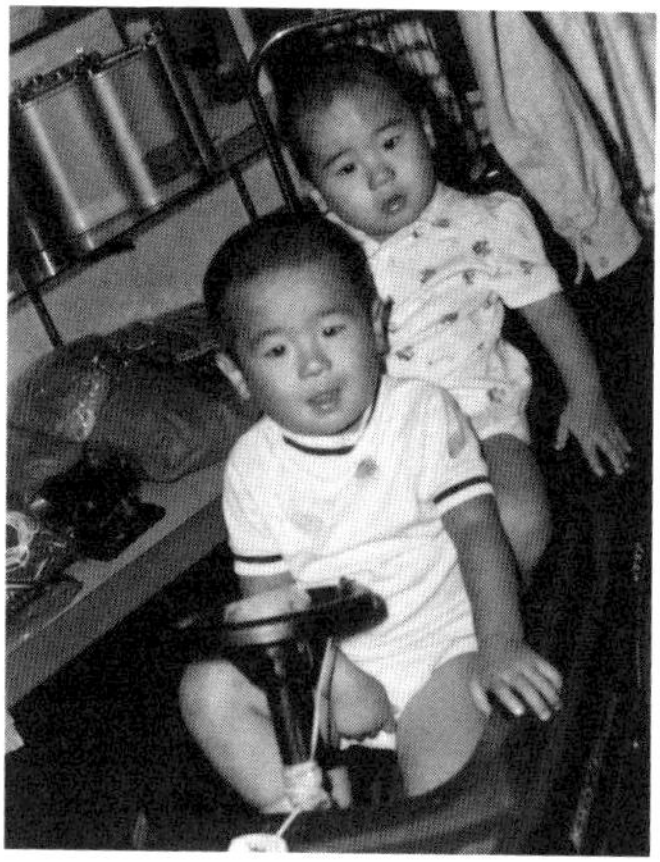

くるくる坊主の大吉と志武喜

私は貧乏に慣れていましたから、気にもなりませんでしたが家内はよく耐えたと思います。近くに銭湯があり、近所の人たちとの大切なコミュニケーションの場でもありました。後に息子たちが生まれてからは、町内の方に息子たちも育てていただいたようなもので、下町の雰囲気が懐かしく思い出されます。

店のオープン前夜まで、陳列棚作りなどYMCAの山仲間たちの作業が続きました。仕入れや家賃などを支払い、私の所持金は残金が3千円ほどになりました。夢がかなって小さな城を持ったのですから、「ゼロ円からの出発だぁ～」と、山仲間と夜食の出前を取り、その3千円を使い切りました。無一文の出発です。

1973（昭和48）年10月10日、「世界の登山道具と企画の店シェルパアナン」

として、山の店が出発しました。母は高森町から電車やバスを乗り継ぎ、漬物とおにぎりを持ってやって来ました。田舎の漬物は電車の中で匂いもしたでしょうが、「息子のために」という母の気持ちがうれしく、胸に熱いものが込み上げました。

山仲間が集まり、草葉町教会の矢崎邦彦牧師にお祈りしていただきました。お祝いの花などもない質素な出発式でしたが、大きな人生の第一歩を踏み出した大切な日になりました。

そしてこの日、私たちの生涯の師匠さんに出会いました。齋藤直さんです。店の斜め前で文具店をされていました。後に大分から熊本まで子どもたちが歩く「参勤交代・九州横断徒歩の旅」を一緒に作る齋藤誠治さんのお父さんです。齋藤直さんは、大変面倒見が良くて苦労人ですから私たちの貧乏もすぐに見破られ、食事を提供していただきました。私が泊まりで山に行くときは、まゆみが齋藤さんの家に泊まりに行き息子たちも泊まりに行くようになり、今でも家族同然のお付き合いが続いています。

自然を愛する会発足

私が会社を辞め、自由に生きたいと決心したのには大きな目標がありました。私1人では何もできません。共に生活すること、共に生きることで、初めて何かできる。それが私の「生きている証し」と考えました。

山の店「シェルパ」を開くにあたり、「自然と共に育ち共に生きる　共育・共生」を、私のすべての生き方の基本にすることにしました。

私は進学して勉強したわけではなく、人に教えることはできません。ただ一緒に実践することを登山を通して学びました。教え育てる教育でなく、共に育つ「共育」です。そして共に生き、喜びも悲しみも分かち合う「共生」です。

「共育・共生」を実践する舞台が、「自然を愛する会」です。山の好きなお客様と一緒に登山を楽しもうと結成しました。

元日のご来光登山　久住山頂は47年続く

自然を愛する会の規約や、活動ごとの委員会づくりなどをしていただいたのが、小学校の校長だった田崎正臣先生（後の西原村教育委員長）でした。シベリア抑留体験もあり、死の縁から帰ってきたことを話され、私に生きることの大切さを教えていただき、会の基礎をつくり、育てていただいた恩師です。自然が生命力を生み出すことや、自然を尊ぶことの大切さを教えていただき、おやじのような存在でした。

そして、私の思いを支えてくれたのが、たくさんの山好きの会員の方でした。国内や海外への登山遠征、子どもキャンプ、小中学生が大分―熊本間を歩き通す「参勤交代・九州横断徒歩の旅」、山村留学「やまびこ山村塾」、山登りの技術を生かした災害ボランティアなど活動は広がっていきましたが、それはすべて会とともにありました。すばらしい若者の会員たちにも支えられ、体験が人と人を結んで会が育っていきました。

自然を愛する会と共にこれまで歩いてきました。共に活動をしてきました。私の実践は会の皆さまと共にあります。支援金などで応援していただくことで私の活動が実践できます。私の思いがいつもみなさんと共にあります。ご縁をいただいた会員さんは延べ6600人に上ります。

「シェルパ」は生活する糧を得る場、「自然を愛する会」は共育・共生の実践の場として、私が生きていく両輪として育てていきたいと願って歩んできました。

ハンググライダーの冒険

15歳で登山を始め、10年間は日帰り登山ばかりでした。25歳で脱サラして登山を仕事とし、北アルプスなどに出掛けるようになりました。

山は好きでしたが技術や知識は未熟で、国立登山研修所（富山県）などに出掛け、雪山登山や山スキーなど貪欲に研修しました。山には行けますが、山の店「シェルパ」の商品が売れない日が続くと、すぐ生活ができなくなります。そんなときは母が心配して阿蘇から米を届けてくれたり、天草の家内の実家から魚が届いたりして食いつなぎました。

出張費を節約するため、仕入れは大阪まで夜行列車で行き、夜行で帰って来るあわただしい日々でした。全日空に勤務していた川口新実さんから株主優待券をいただき、何度か飛行機で日帰りさせてもらい随分助けられました。

阿蘇の杵島岳からハンググライダーで飛び立つ

開店から3年ほどしてシェルパも5坪から10坪の店に移転して、登山用具の品ぞろえも充実しました。しかし生活に余裕はなく、家内のまゆみは小さなお好み焼き店を隣に開き、深夜まで営業してシェルパを助けました。何とか食べていけるようになったとき、私が登山の帰りに追突事故を起こし骨折で入院。相手の方や車の補償などで大きな借金を背負いました。どん底の生活で家内は相当苦労しました。

ちょうどその頃ハンググライダーがテレビで紹介され、大空を飛ぶ夢がかなうことを知りました。阿蘇の原野で練習を重ね、インストラクターになり講習会を開くようになりました。九州各県だけでなく関西、四国、中国地方などから客が集まり、講習会とハンググライダー販売で売り上げは順調に伸びていました。

モーター付きハンググライダーで長崎県島原市から長洲町まで有明海を渡ることにしました。テレビ局も同行し島原を飛び立ったのですが、海の上に来ると潮が流れているのを見てびっくり。泳げない私は、もし落ちたら助からないと、必死の思いで熊本に向かって飛び、26分の飛行で長洲に着地しました。

海上をハンググライダーで飛んだのは日本で初めての快挙といわれました。随分怖い思いをした冒険でしたが、RKKテレビ「ちびっこタイム・このゆびと～まれ」マルキン食品さんのコマーシャルで使っていただきました。その後、鹿児島県喜界島でフライト中、強風に遭い落下して脊髄圧迫骨折とアバラ骨4カ所を折る大事故に見舞われました。セスナ機で奄美大島に空輸していただき命は助かりましたが長い入院生活など、母や家内から怒られハンググライダーに終止符を打つことになりました。どん底の生活は続きます。

地域一番店を目指して

どん底の生活ではありましたが商売の目標を「3倍働く」から、「3倍動く」に変更しました。山の店の商い、子どもキャンプ、遠征登山と、動くことには自信がありました。

開店10年目に店名「シェルパアナン」から「シェルパ」に変更しました。さらに15年目に、熊本市新屋敷1丁目の九品寺交差点に50坪の店を借りることにしました。街の中心部に近く、新築で広さも倍になり夢は膨らみますが、敷金がありません。銀行も貸してくれず、山仲間にお願いして無利子でお金を借り敷金にしました。

何より移転を決断する一番の決め手はYMCA登山部で知り合った古澤豊さんが、一緒に仕事をしてくれることでした。お互いに独身時代からの山仲間です。店を出すときも中心になって準備など手伝っていただきました。古澤さんと一緒に作った

「シェルパ」の店内で左から3人目が古澤豊さん。右端が私

「シェルパ」と言っても過言ではありません。新店舗のスタッフとして最初にお願いし、強い味方ができました。

古澤さんの「地域一番店になりましょう」の言葉は大きな励みとなり店は飛躍します。それから古澤さんと二人三脚で働きました。30年たった今も現役で、登山ガイドと若いスタッフの指導に当たっています。

10年間は北海道から日本アルプスや屋久島・沖縄まで国内の登山活動でした。1987（昭和62）年のネパールトレッキングから徐々に海外遠征登山が夢ではなくなりました。そのきっかけをつくり、育てていただいたのが自然を愛する会の田中琢磨さんでした。海外に行くだけの資金力もないのですが田中さんが「何とかなるから行こう」といつも後押しいただき、アフリカのキリマンジャロやパプアニューギニアのウイルヘルム山など世界の山への挑戦が始まりました。

そして海外の山を登ることを目的に「海外交流委員会」を発足させ、田中さんが隊長として先頭に立って遠征しました。国内の山にも多くの山仲間を案内され、「田中隊長さん」と人気です。

田中さんにはボランティア奉仕に誰よりも早く応援していただきました。私が願った「共に育ち共に生きる共育・共生」の実践者でもあり、力強い味方です。私たちの長年の活動は、古澤さん、田中さんの存在無しではできませんでした。

2人の先生との出会い

山の店を出してすぐの頃、青年団活動や学校で教育キャンプが行われるようになりました。野外活動指導員研修会で荒木時彌先生（後に大津高校長、大津町長）と出会いました。

県が県民総スポーツ運動を提唱。荒木先生は体育保健課で推進の要におられ、研修会の指導員でした。研修会の夜、研修生皆でお酒を飲んだのですが、荒木先生は翌日朝一番に「命を預かる指導者がお酒を飲んで命を預かれるか」と真剣に怒られました。

私は昼休みに恐る恐る先生を訪ね謝りました。先生はニコニコして「阿南君、教育キャンプの型にはまらない楽しい自然の中で自由に遊ばせる、阿南流キャンプを創ったらよか」と言っていただきました。

荒木先生のおかげでキャンプやオリエンテーリングの指導員として、学校や青年の家などに講師として行くようになりました。野外活動や子どもキャンプの基礎を教えていただいた師匠さんです。

子どもたちを自然の中で自由に遊ばせる阿南流の「わんぱくキャンプ」を始めました。起床時間など決めず自由に起きます。ただ食事の時間は決めておき、食事に間に合わなければ食事を抜きます。そうすることで子どもたちは自分で行動時間割を作るのです。

2泊3日から始め、夏休み30日間の長期キャンプもしました。屋久島登山を手始めに種子島宇宙センターでロケット発射を見て、喜界島のサンゴ礁の海で遊ぶ体験学習キャンプです。

大学生リーダーの育成を考えていたとき、熊本県キャンプ協会副会長の松本和良先生と出会いました。先生は小学校の頃、サイパンやパラオ共和国で育ち、現地の人との生活や自然体験を元に「環境が人を変える」「自然が人を育てる」と言われ共感しました。天草青年の家所長や小学校長など歴任され、子どもの教育はもちろん青年団育成や大学生教育で活躍されていました。私の思いを話すとご理解いただき、自然を愛する会に青少年育成部をつくり、直接大学生の育成をしていただきました。

後に会のヒューマンネーチャースクールを立ち上げた時、校長として大学生ボランティアを育ててもらいました。スクールでは心と体のバランスのとれた健康な子どもの育成を目的にし、毎年50人の子どもが毎月1回、1泊2日の野外活動を行っています。子どもたちの活動をボランティアの大学生が計画、実施、報告します。松本先生の魂が入ったスクールで、現在24期生を迎えています。

キャンプリーダー研修で大学生を指導する松本和良先生

参勤交代の旅スタート

長男が保育園に入ったのを記念して九州を歩いて横断することにしました。1978（昭和53）年のことです。小中学生が大分市から熊本市まで歩く「参勤交代・九州横断徒歩の旅」の始まりですが、この時は夏休みの家族旅行にすぎず、私のわがままな発想でした。付き合わされたのが息子やおい、めいと齋藤誠治さんの親戚の子どもたちでした。

計画を立てる際、やまなみハイウエーを歩くか、国道57号を歩くか迷っていたとき、友人が「肥後の殿様が参勤交代に使った道を歩いたらどうか」と提案しました。簡単に思っていましたが、実際に現地に行ってみるとルートが分からないのです。家が建ったり畑になったりで道が途切れてつながりません。郷土史家の先生方に尋ね、何回も足を運んでどうにか1本のルートがつながりました。

行き当たりばったりの歩きが始まりました。今は使われていない道に、当時の石畳などを見つけたとき、歓声が上がります。寺や公民館に泊めていただき、自炊しながら熊本城を目指しました。

1回目の「参勤交代・九州横断徒歩の旅」に参加した子どもたち

息子は途中泣いて歩かないこともありましたが、子どもたちの歩く姿を見た多くの人に支えられました。道中で応援してくれる人、アイスクリームを追いかけて持ってきてくれる人、雨でぬれた靴や着替えをわが家で洗濯し翌朝届けていただいたこともありました。

思いもよらない人の心に触れることができ、教える教育でなく私が求めていた、共に育つ「共育」の原点がここにありました。歩くことから人と人との会話が生まれ、自然の中で雨も風も太陽の光も暑さも、五感で味わえました。

私が目指す「共育・共生」の実践の舞台は自然であり、自然の中で子どもたちを育てたい。何より無学の私にとって、出会う人が私を育ててくれる師匠さんであることを知りました。以来、参勤交代の旅は42年間続いています。

なお、この時一緒に歩いた齋藤誠治さんは熊本商大付属高（現熊本学園大付属高）の1年生でした。齋藤さんとは山の店「シェルパ」が開店した時からの付き合いで、当時はかわいい小学生でした。息子たちも誠治兄ちゃんと慕い、一緒に遊んでいただき兄弟のように育ちました。

齋藤さんには、この後も参勤交代の旅を支えてもらっています。「共育・共生」の実践パートナーとして、優しい人柄と経営手腕で、旅を作り上げてくれた大切な方です。齋藤さんとの出会いがなかったら、この旅がここまで続くことはなかったと思います。現在はＮＰＯ法人自然を愛する会ジュニアアウトドアクラブの理事長として、会の活動には無くてはならない存在の方です。

感動的な旅のゴール

今年で42回目を迎えた大分―熊本間を踏破する「参勤交代・九州横断徒歩の旅」ですが、充実するまで多くの困難がありました。

2年目は息子をはじめ子どもは誰も歩きません。暑い真夏に歩くのは、よほどきつかったのでしょう。2年目は山の店「シェルパ」に出入りしていた九州学院高登山部と尚絅高の立川美雪さんに、初回参加した熊本商大付属高（現熊本学園大付属高）の齋藤誠治さんと私の7人です。テントに泊まりながら3泊4日で歩き、熊本城に着いたのは夜10時。家族の迎えもなく翌年の継続は難しいと考えました。

そんな時、鏡町（現八代市）の学校教諭の西村昇先生に「学ぶことをしないと親も納得しない」と示唆され、3年目は参勤交代の歴史を学ぶ体験型に。それが良かったのか、保護者の理解も広がり30人ほどの子どもたちが参加。初めて手応えを感

阿蘇・二重峠を登る子どもたち

じました。

西村先生たちにボランティアでお手伝いいただきました。さすが子ども育てのプロの先生方で、子どもたちに参勤交代の歴史を教えたり、歩きながら空き缶を拾わせたりして、子どもたちの充実感を高めました。グループの班長もつくり、子どもたちは仲良く助け合って歩いていました。

保護者らに炊き出しをお願いし、おいしいご飯が食べられるようになりました。道中の方々とも親しくなり、トウモロコシやトマトの差し入れもありました。日よけのためにかぶる三度がさも、だんだんと様になってきました。

なお、齋藤さんは大学卒業後、家業を継ぐため埼玉県の文具メーカーで4年間の修業を終え、熊本まで歩いて帰る冒険をしました。東海道から四国を経て、大分で参勤交代の旅の子どもたちと合流しました。東京から参勤交代の道の全行程を歩いたのは、輝かしい快挙でした。だんだんと旅の内容も充実し、200人の参加者を迎える中、齋藤さんは団長として重責を担うようになりました。

参勤交代の旅は6泊7日。最初は親と別れることができなくて泣きだす子どももいます。大分から125キロの旅が始まり、1日約20キロを歩きます。学校の体育館などに泊まる夜はそれぞれ楽しい時間です。

サポート役の大学生ボランティアは、子どもと一緒に歩き、寝かせるまで一緒です。熊本城に入城するとき、子どもたちも大学生も一回りも二回りも大きくなり、達成感で満たされた姿は感動的です。まさに「共育・共生」の実践です。

その後、日向、薩摩、豊後の各街道を歩くコースも新設。今年もたくさんの子どもたちが歩きました。

東京―熊本間を自転車で

「参勤交代・九州横断徒歩の旅」を毎年続ける中、1992（平成4）年、東京から熊本まで参勤交代の道を自転車で走ることにしました。

東京～京都は東海道を走り、大阪～大分は殿様も御座船「波奈之丸《なみなしまる》」で瀬戸内海を往来していたので、フェリーで移動。大分～熊本は、徒歩による参勤交代の旅のメンバーと合流して熊本城入城を計画しました。

危険すぎると心配する声もありましたが、海外登山隊の隊長である田中琢磨さんの「やってみよう。私も走って応援する」の言葉に勇気付けられました。

テントを張る場所、自転車を置く場所、食糧調達に加え、公道を走るため出発地の東京・丸の内署に許可を受けるなど初めてのことばかり。準備に6カ月かかりましたが、多くの方に助けていただきました。

丸の内署を訪ねたら署長さんが五和町（現天草市）出身で、すべての手配がスムーズにできました。費用は参加者負担のほか、自然を愛する会会員に募金をお願いしました。日本生命財団から１００万円の寄付もあり道は開けました。

静岡県内を熊本に向け40名の子どもたちと走る

参加者は40人の子どもたちに10人の同行リーダー、伴走車、パンク修理のバイクの総勢55人。夜行バスで東京へ向かい、自転車はトラックで移送しました。

いよいよ出発です。都内の混雑を考え、早朝6時に皇居前に集合。細川護熙さん夫人の佳代子さんが、水前寺の出水神社のお守りを一人一人に渡して、旅の安全をお祈りいただきました。

横浜から箱根峠を越え静岡、名古屋、京都へと南下する東海道の道です。箱根峠は正月の大学駅伝でご覧のように上り坂が厳しく自転車を押して越えました。三重、滋賀県境の鈴鹿峠トンネルでは、歩道もない暗いトンネルを自転車を押して歩きましたが、大きなトラックに吸い込まれるような怖い思いをしました。

子どもたちには無限の力と可能性があり、それをどのようにして育むかを知らされた自転車の旅でした。「目標は高く求めつつ、結果は求めすぎてはいけない。準備はこれでもかと、やり過ぎることはない。行動はスピードを持って」。私が自転車の旅で学んだことでした。

いきいき伸び伸び「やまびこ山村塾」

自然を愛する会では子どもたちが体で感じ、体で覚える体験型キャンプを6年続けて実施しました。種子島、屋久島、喜界島、沖縄など暖かい南の島が舞台で、期間は10日～30日間でした。長期の生活体験を通して、子どもたちが自分で考え行動できることを実感しました。

もっと長期に野外活動ができないかと考えていたとき、山村留学を長野県でしていることを知りました。早速足を運び実際の運営を見て、話を聞いて胸が躍りました。子どもたちが1年間、豊かな自然の中で、伸び伸びと生活する山村留学は、私の夢でした。実現に向け動き始めました。

しかし、小学生を受け入れるのは自治体にとって初めてで、いくつかの町を訪問しましたが理解してもらえませんでした。そんな中、山仲間の紹介で菊鹿町（現山

九州横断100キロ　タスキリレーで雪の中を塾生と走る

鹿市）の富田従道町長に会い、直接話をさせてもらいました。富田町長は「あなたも菊鹿町に住むのなら受け入れよう」と、決断していただきました。

九州で初の山村留学「やまびこ山村塾」を1986（昭和61）年4月に開塾しました。富田町長には町育成会会長として、受け入れのお世話をしていただきました。民家を借り、子どもたちは近くの内田小学校に通うことになりました。

新学期が始まる4月に入塾。まずは断髪式です。男の子は全員丸坊主。保護者がバリカンで刈り上げ、仕上げは私がしました。心も体も山村塾の子どもになる決心をしてもらいます。小学生で親元を離れ生活するのです。子どもも保護者も、そして私も強い決断が必要でした。

朝は6時に起き、全員で「がんばるぞ〜」と山に向かい、10回ほど大声を出します。それから畑の周り200メートルを5周走って食事を取り、2キロ離れた内田小に登校します。一方、私は近くの山道を5キロジョギングするのが日課でした。

学校から帰ると自由ですが、テレビはありません。夜するのは宿題と日記書きだけです。子どもの生活が見えるように、日記は保護者が来たときに見てもらいます。「自分のことは自分でする」。そんな思いでした。土日は保護者も参加して登山などの野外活動に取り組みました。

子どもたちの命を預かるのですから、緊張の連続でした。1日が終わり子どもたちの寝顔を見て、ほっとしたものです。1期生の卒塾式のときは、私を信じて受け入れてくれた富田町長や内田小の先生方、町関係者、保護者の方々への感謝で胸がいっぱいになり、恥ずかしいことに、みんなの前で泣いてしまいました。

体験が子どもたちの力に

菊鹿町（現山鹿市）で始めた「やまびこ山村塾」。2年目の春、内田小校区の高台に木造の山小屋風センターを建て、活動の拠点としました。山の中の一軒家で馬や鶏、犬など動物を自由に飼うことができ、理想の自然での生活塾が出来上がりました。

内田小校区の保護者に里親になっていただき、家に子どもたちが泊まりに行く取り組みも始め、地域と一緒になって子どもたちを育てました。畑を借りてサツマイモや野菜などを植え付け、秋の収穫まで1年を通して農業体験ができるようになりました。

土曜・日曜は野外活動です。子どもたちの保護者も毎週のように参加して農業や登山をしました。ほとんどの九州の山は歩きました。山に海に、そして海外遠征をするようになりました。

1989（平成元）年、3期生の子どもたちや保護者と一緒に海外遠征し、ネパールを訪ねました。私は何度も訪ねていたネパールの高地ですが、初めての子どもたちには、世界最高峰のエベレストなど見るもの聞くもの、驚きの連続です。山奥の集落では車も自転車もなく、歩く速さで生活する人たちの生活を体験をしました。貧困の中でも明るく生活している子どもたちを知ることで、子どもたちが自分の生活を見直し、生き方について考える機会になることを願いました。

ネパールの3800メートルの高地で、エベレストをバックに並ぶ「やまびこ山村塾」の子どもたちと家族ら

1992年には、東南アジアの最高峰キナバル山にチャレンジしました。子ども登山隊として4100メ

ートル峰に挑んだのは九州で初めてでした。子どもたちはお互いに声を掛け合い頂上を目指します。「やったぞ！」。歓声が山頂に響きました。苦しかったことも喜びに変える子どもたちは、無限の可能性を秘めていると思いました。

１９９２年韓国チェジュ道一周サイクリングの旅、１９９３年台湾の台南から台北まで6日間自転車縦断、１９９４年モンゴルでの遊牧民キャンプ、１９９５年阪神・淡路大震災ボランティア支援活動、１９９６年ネパール登山と、山村塾では多くの体験を重ねます。私も子どもたちに支えられ、悲しみも喜びもともにし、生活してきました。

そんなとき無理が重なって１９９７年2月、早朝ランニング中に山道で倒れました。入院中に50歳になり、無理をすることができないことに気づき、山村塾の継続を断念。その年3月、11期生の卒塾式で子どもたちを送り、山村塾を閉じました。

１５８人の子どもが巣立っていきました。私にとっても、やまびこ山村塾の実践は生涯の礎になり、貴重な経験と素晴らしい出会いをいただきました。

温かい心、だんご汁に託し

1995(平成7)年1月、阪神・淡路大震災が起きました。テレビ報道で刻々と悲惨な状況が映しだされますが、何をしてよいか分かりません。まず現地に行くことにしました。

「シェルパ」の仕入れ先で、アウトドア業界で日本を代表する「モンベルグループ」(大阪)総帥の辰野勇さんを訪ねました。辰野さんは地震当日から被災地で「アウトドア義援隊」を立ち上げ、全国の同志に呼び掛け、テントや寝袋、こんろなどを被災者に配られていました。行動力と心の深さにいつもながら敬服し、人生の師匠です。

辰野さんと神戸市を回りましたが、燃えた街並み、異様な臭いが想像を絶しました。避難所を訪ねると玄関脇に食べられないままの弁当が積み上げられていました。

「冷たくなった弁当や冷たい飲み物は喉も通らなくなった」という話を聞き、神戸の人に温かいだんご汁を食べてもらおうと思いました。灘区役所を訪ね配布場所として公園敷地を借りる約束をし、いったん神戸を後にしました。

やまびこ山村塾を開いていた菊鹿町（現山鹿市）ではオフトーク通信放送で支援への協力を呼び掛けました。隣の鹿本町（同）では熊日新聞への折り込みをお願いしたところ、来民販売店が４０００枚、無料で協力していただきました。

自然を愛する会の皆さんには支援金のお願いと、現地に行く人を募る手紙を出しました。コメや大根、ニンジン、肉などだんご汁の食材が届けられ、皆さんの心のうずきを感じました。

食材、水、鍋、羽釜、ガスボンベなどをトラックに積み込み、マイクロバスに分乗。夕方出発して翌朝、神戸の街に着きました。一緒に行った皆さんは、「早く温かいだんご汁ご飯を食べてもらいたい」と言いながら、初めて見る被災地の様子に心痛めていました。

阪神・淡路大震災直後、神戸市でだんご汁に入れるだんごを作るボランティアメンバー

私はだんご汁を本当に食べに来てもらえるか心配でした。食材には被災者に届けたいという皆さんの心が詰まっています。現地に来られない人の心を預かってきているのです。食材は使い切って帰ろうと決めていました。

2日ほどかかるかもしれないと皆に伝え、寝袋も用意してバスの中で寝る予定でした。しかし、取り越し苦労でした。だんご汁を作り始めてまもなく、被災者が並ばれるのです。おわんを持つ人、鍋を持つ人など瞬く間に長い行列ができました。ボランティアの皆さんも気合が入りました。六甲おろしの寒風の中に並ばれる人たちに、一刻でも早く温かいだんご汁と温かいご飯を配りたいと、皆さん必死で作られました。

神戸で6千人分の炊き出し

阪神・淡路大震災直後の神戸市の公園。午前10時50分から温かいだんご汁とご飯を配ると、「熊本からですか、遠いところありがとうございます」「ご飯の匂いも久しぶりです」「温かい汁はおなかにしみます」と声が掛かります。涙される方もあり「頑張ってください」と声を掛けながら配りますが、一鍋一鍋とすぐなくなり、てんてこ舞いです。

お母さんお父さんと子どもが一緒に、おいしそうにだんご汁を食べています。「怖かったろう、寒かったろう」。そんな思いが頭をよぎり、配っている皆さんも涙を拭いていました。瞬く間に2千人分近い食材を使い切りました。

自分たちはお昼を食べておらず神戸市の方からパンと牛乳をいただきました。張り詰めた緊張が解け一休みしていると、自然を愛する会の会員で高校教諭の江口隆昭さんが、川から水の入ったバケツを両腕に下げて運び、公園のトイレを掃除されていたのです。

見渡すと公園はゴミ捨て場になり、トイレは用を足すところもないほど汚れていました。休む暇もなく、みんなでトイレ掃除や公園の片づけに奮闘しました。積まれたごみの下に、春を待つ木や花が押しつぶされていました。「もう大丈夫だよ」と声を掛けながら、公園は美しくなりました。

江口さんは被災地の様子をテレビで見て、避難所のトイレが汚れ使えないことに心を痛め、専用の掃除道具を持参されていました。江口さんの行いこそが真のボランティアだと学び「今できることをさせていただくこと」がボランティアの心だと実感しました。

阪神・淡路大震災直後の神戸市で2000人分のだんご汁を大なべで作るボランティアメンバー

「また来週も来ます」と約束。次の訪問では、自然を愛する会会員で、大津町のサツマイモ生産者の金田厚さんが、トラックいっぱいのサツマイモを神戸の小学校に持って行きました。校庭でたき木を燃やし、温かいサツマイモとだんご汁にご飯を配布。子どもたちの笑顔に感動をいただきました。

私もこの小学校で「特別先生」で話をさせていただきましたが、子どもたちの明るさ、輝きは震災の神戸の街で見た光でした。

3月中旬まで6回の現地入りで約6千人分の炊き出しができました。多くの方から「ありがとう」と言われましたが、「喜んでくれてありがとう」と心の中で返しました。

阪神・淡路大震災の支援行動は一人一人の「心のうずき」「助け合い」から生まれ、心の集合体であったように思います。「自分にできることを、できることからさせていただく」。これを自然を愛する会の基本理念にして、ボランティア委員会を作りました。

「シェルパ族」との出会い

話はさかのぼりますが、1987(昭和62)年に、憧れのネパールを訪ねました。山の店「シェルパ」の店名はネパール高地民族の呼び名です。店を出して12年間は国内の登山に集中しました。借金もあり貧乏していて、海外の山には行けなかったので、初めての海外遠征登山でした。

当時、熊本走ろう会幹事長の堀田昭さんを隊長に8人で日本を出発。憧れの世界最高峰エベレストを見て感動もしましたが、私が心に深く感じたのは高地民族シェルパ族の生活でした。

2千メートル以上の高地で、ほとんど自給自足の生活です。車も自転車もバイクもなく、歩くだけが移動手段の中、私が最も心を痛めたのは荷物を運ぶポーターの姿です。60キロ以上ある登山者たちの荷物を運ぶのが仕事です。はだしで山道を歩

ネパールの高地で背中に重い荷物を背負い、山道を歩くシェルパ族の人たち

き、雪道になると草履などを履きます。寝るときは岩陰などで、薄く汚れた毛布をまとって寝ていました。

外国から来る登山者たちの荷物を運ぶためにいくつもの山を越え、数日かけて出稼ぎに来ている人たちで、着の身着のままの姿です。そば粉に熱湯をかけ、コショウのような辛い香辛料を付けて食べています。カースト制があり、学校にも行けず、親がポーターなら子どもも一生ポーターの仕事です。幼い子を連れて家族でポーターをしている姿を見て胸を熱くしました。

登山途中の山道。女の子がうずくまり泣くようにしておなかを押さえていました。素足です。言葉は分かりませんが、持っていた正露丸を飲ませ別れましたが病院もなく心配でした。

山奥になると家も少なくなり、少しの畑にジャガイモや野菜などが植えてありました。女性の朝一番の仕事は牛のふん集め。持ち帰り、家の壁などに貼り付け乾燥させて台所、たき火、ストーブの貴重な燃料です。

住んでいる家は石積みで冷たい風が通り抜け、竹で編んだ屋根は今にも壊れそうです。穴だらけの家をスケッチしました。私も田舎育ちで風が何処からでも入り、暖房もなくコタツの炭火だけでした。冬の寒さは身に染みて春が待ち遠しく感じたものです。ネパールの高地の人にも冷たい風が入らないような家に住んでもらいたいと思いながら描いたのでした。

帰りの集落で元気になった女の子に会いました。純粋なまなざしで何度も「ナマステイ」（ありがとう）と恥ずかしそうに笑顔で頭を下げるのです。

初めてのネパール、初めてのシェルパ族との出会い、初めての5千メートル登頂など、当時39歳の私には感動でした。大自然の山々と素朴なシェルパ族に魅了されました。それから毎年、私の心の故郷ネパールを訪ねることにしました。

ヒマラヤの高峰に挑戦

ネパール登山が毎年恒例になりました。5000メートルの峰を越えたら、次は6000メートル峰へと夢は広がっていきます。初遠征から12年たった1998（平成10）年、念願のヒマラヤ山脈アイランドピーク（6180メートル）を目指すことにしました。

ネパールに着き、登山を開始して高度順応もしながら順調に歩き4800メートルの山小屋に着いたときです。一緒に歩いた山仲間が高度障害（高山病）になりました。雪道をポーターが背負い夜を徹して下山しましたが、途中で亡くなるという悲しい出来事が起きました。

登山中に身近な人が亡くなるのは初めてで大きなショックを受けました。登頂は取りやめ、全員下山し家族が日本から来るのを待ちました。数日たち家族がカトマンズまで来て荼毘《だび》に付しましたが、私は心労も重なって現地で寝込んでしまいました。

5500㍍の最終テント泊　明日6000㍍を越えるチャレンジ前夜

翌年、弔いの意を込めて家内のまゆみと2人で、同じアイランドピークを目指しネパールへ行きました。昨年お世話になった方々にお礼を言いながら高度を上げていきます。山仲間が亡くなられた山小屋に泊まり山頂へアタックしました。

まゆみは5000メートルを超えたところで高度障害（高山病）になり、今回も登頂を断念しようとしました。その時、まゆみが「自分はここで待つから頂上を目指して」と言うので、現地ガイドと2人でザイルを組み氷の壁を登り、ピークに登ることにしました。

5400メートルでテント泊です。氷の中にテントを張るのですから寒さも厳しく、外は吹雪。頭が痛く高山病の兆候です。ボンベの酸素を吸いながら朝を待ちました。朝には頭の痛みも和らぎ山頂に向けて出発です。

雪の中を2時間ほど歩くと氷壁に出ました。私には垂直に見える氷の壁です。ガイドがピッケルとアイスバイルを刺し、一歩一歩登ります。20メートルほど登ると私を引き上げます。その繰り返しで高度を上げて最後のピークが見えました。

私が登った最高到達点です。しかし何の感激もありません。今度は登ってきた氷の壁を降りなくてはなりません、途中にクレバスがあり落ちたら地獄です。ガイドが「ゴー、ゴー」と言ってロープを引きますが、なかなか決心がつきません。でも飛び越えなくては帰れないのです。やっとの思いで飛び越え下山しました。

ネパール登山では、悲しい出来事もありましたが、ネパール人の温かい心にも多く触れることができ、ますますネパールを好きになりました。

ネパールに学校を贈る

エベレストを目指す登山者が歩く道はエベレスト街道と呼ばれ、その玄関口がカトマンズから飛行機で1時間のルクラです。

飛行機は20人乗り双発機です。一度怖い思いをしました。ルクラの滑走路が見えたところでガクンと揺れ、窓から外を見ると片方のプロペラが止まっています。操縦席でパイロットがボタンをあれこれと操作しているのも見えます。

やがてカトマンズに引き返し始めました。それからの1時間、冷や汗をかきっぱなしです。片方のプロペラでカトマンズ空港に着きましたが、特別なアナウンスもなく平然としていて、こんなことが普通に起きているようでした。

ルクラから移動は歩きです。車もバイクもありません。自分の歩く速さの生活が始まりますが、急ぐ人もおらず、ゆっくりと時間が過ぎ心地よい空間です。

自然を愛する会がネパールに贈った石積みの学校校舎

ルクラは小さな村ですが学校があります。エベレストに世界で初めて登ったヒラリーさんが建てた学校です。小学校5年間、中学校3年間、高校2年間の計10年間勉強できます。そこで学ぶ子どもたちは最初100人だったのが、今では300人になっています。谷を越え山を越えて来る子どもたちは、蚕棚《かいこ》のようなところで家からお米や野菜を持ち込み自炊しています。

私たちも鉛筆やノートなどを贈っていましたが、教室が足りないので新しい校舎が欲しいとの申し入れがありました。子どもたちが勉強できる環境づくりをお手伝いできるならと、学校建設に立ち上がりました。

自然を愛する会会員の皆さんから5年がかりで350万円ほどの協力金が集まり、2003（平成15）年11月に石積みの校舎が完成しました。落成式があり、子どもたちが一生懸命踊り歌います。村挙げての歓迎には驚きました。それから熊本の子どもたちが現地を訪問する交流も始まりました。一方、ネパールの奥地で暮らす生徒を日本に招くのは難しく、実現したのは1回だけです。

その後、2015年にネパール大地震が起き、世界遺産のレンガ積み建物などが壊れました。愛する会でも早速現地に行き、何ができるか検討し、震源近くに子どもたちの活動施設を造ることにしました。レンガ造りの家は許可がとれず、軽量鉄骨にしましたが、地震のため資材調達が難しく、完成したのは3年後でした。

時間はかかりましたが、「共に育ち共に生きる」という私たちの願いは、ネパールの子どもたちにも届きました。現在は現地NPOが、震災被災者の子どもたちの養護施設として活用しています。

試練だった九州百命山

自然を愛する会の会員は九州の山をこよなく愛し、歩かせていただいています。健康で100歳までも歩きたいと願いを込めて「『命』の九州百命山」を作りました。

45歳の区切りに九州百命山を一気に歩こうと、1993（平成5）年6月1日に自宅を出発。車に着替えや鍋やガスこんろなどを積み込んで家出同然です。「全山を踏破するまで帰らないので心配無用」と大見えを切って出発はしたものの、梅雨の最中で幾度となく行く手を阻まれました。

屋久島の縦走路では大雨で川のようになった登山道を渡ることができず、山小屋で連泊です。誰もいない無人小屋の夜はネズミの運動場。寝袋の上を走るのですから眠れるはずもなく雨がやむのを待ちました。

大隅半島の高隈山では道が壊れ、車を置いたまま近くの町まで夜中に歩き、助けを求めました。「いったんわが家へ帰ろう」とか「もう少し天候の良い時期に再出発しよう」と誘惑に駆られました。そんなときなぜチャレンジしたのか？　と問い返すのです。

九州百命山の旅で登った大分県の夏木山で

久住山に初めて登って30年。15歳の少年期から九州の山を歩かせていただいているのに、山一つ一つに感謝が足りないのではないかと反省もありました。

この世に生命をいただいて45年。多くの出来事に反省もあり、出会いや喜びもありました。そんなことを百命山を歩きながらゆっくり考えていると、感謝の気持ちが沸いてきました。

最後の百命山は佐賀県の多良岳。夕方に

登り始め、山頂近くになると雨も風も雷も強くなり自然が「これでもか」と試練を与えているようです。薄暗くなる山道を一歩一歩登ります。「ピカッ」と雷が光り「ドーン」と地面を揺らします。雨も風も雷も私に試練を与えていると思いました。あんなに強かった雨も山頂では小降りになり夜の8時、山頂で29日間歩いた九州の山旅は終わりました。

わが家を離れ、一人で思いのままに山を歩き、今までに経験したことのない解放感も味わいました。心も体もリフレッシュして、45歳の節目の生きている証しになりました。

「百峰も一峰から、一峰も一歩から」。決断したらまず一歩を踏み出すことが今回の百命山歩きからいただいた解答でした。

韓国「慶州ナザレ園」との出会い

お隣の国でありながら「近くて遠い国」と言われることもある韓国。私は18歳の時韓国へ行き、韓国ＹＭＣＡの方と登山を一緒にし、韓国のヨーデル歌手を熊本に呼んで交流したこともあり、私にとっては「近くて近い国」でした。

子どもキャンプを韓国で実施し、韓国の子どもたちとも交流するようになりました。１９８８（昭和63）年、慶州で日韓子ども交流親善キャンプをした時、私にとっては思いがけない出会いがありました。

現地ガイドが、この近くに日本人だけで生活している所があると言うので、興味半分で訪ねました。韓国式長屋のような家に、日本人のおばあちゃんたちが生活されていて、日本の老人ホームのようでした。

街の一角で何となくひっそりと暮らされているような印象でしたが、家の中に入

慶州ナザレ園訪問　園長の宋美虎先生と

ると、笑顔のおばあちゃんたちが日本語で話し、楽しそうでした。素朴な疑問でしたが「なぜ韓国なのに日本人のおばあちゃんたちだけの老人ホームがあるの」と聞くと、おばあちゃんたちは「私たちは行くところがないから金龍成《キムヨンソン》先生に拾われた。ここは天国」と笑顔が返ってきました。

　金先生は不在で会うことはできませんでしたが、なぜこんな施設が韓国にあるのかと話を聞くと、日本人女性の駆け込み寺のような家だと分かり、大きな衝撃を受けました。

　おばあちゃんたちは戦前戦中に韓国から日本に来ていた韓国の青年と結婚した日本人女性でした。日本の敗戦と同時に、夫と一緒に韓国に渡ったのです。しかし、朝鮮動乱で夫や子どもと別れたり、韓国内で日本人に対して風当たりが強くなる中、生活できなくなったりした女性たちを保護するために、金先生がお作りになったのが、この「ナザレ園」だったのです。

最初は日本に帰りたい人を帰国させることから始まったようですが、日本に帰れず韓国でも生活できない日本人女性を保護するようになったそうです。小説家の上坂冬子さんの「ナザレの愛」に、金先生の生い立ちから園の生活まで詳しく書かれていました。

ナザレ園は金先生の私財と日本各地の支援者の募金で支えられていました。「私たちにできることからしよう」熊本市の鶴屋デパート前などで街頭募金するようになりました。道行く人に募金をお願いするのですがお金をいただくことの難しさを初めて体験しました。ヒューマンネイチャースクール（齋藤誠治校長）の子どもたちが「ナザレ園の日本人おばあちゃんにお願いしま～す」と大きな声で募金を預かります。もう30年も続きます。自然を愛する会の募金と共にお届けしています。

愛の実践、私たちも街頭募金

1989(平成元)年、「慶州ナザレ園」を訪ね、創設者の金龍成《キムヨンソン》先生に会うことができました。

金先生は幼いとき北朝鮮で生活され、朝鮮半島が日本の統治下にあったとき、父親は反戦の罪で日本軍に殺され、母親は金先生が4歳の時に亡くなり、孤児として育たれた方でした。

「恨みこそある日本人をどうして保護するのですか」と尋ねると、金先生は「韓国の青年を愛し祖国を捨てて来た女性を見殺しにはできません。隣人を愛せよとのイエスキリストの言葉を万分の一でも実践したい」と話されました。その言葉は私にはあまりにも重たく、奉仕の精神と、実践の偉大さに感銘を受けました。

1992年12月に金先生を招いて「ナザレの愛」講演会が熊本市民会館で開催さ

愛の実践、私たちも街頭募金

熊本市の街中でナザレ園支援募金を呼びかける自然を愛する会の子どもたち

れました。翌日は金先生に、菊鹿町（現山鹿市）の「やまびこ山村塾」まで来てもらい、山村留学している子どもたちにお話しいただきました。

金先生は「私たちは生まれたときは何も持っておらず大きな声で泣きながら生まれ、帰るときも小さな声で泣きながら何も持たずに帰るのです。あなたがあなた自身を愛するように、あなたの隣人を愛しなさい。愛は自分が受けるものでなく、人に捧げるものだということを実践してみてください。お母さまに対しても愛を捧げてください」と締めくくられました。子どもたちの心にも、愛の実践が深く刻み込まれたことでした。金先生との出会いが、私にとって「奉仕の心」の礎になりました。

毎年ナザレ園をお訪ねしていますが、今は平均年齢95歳。お話しできる方も少なく、多くが認知症や寝たきり、病気入院などです。金先生亡き後は宋美虎《ソンミホ》さんが引き継がれています。宋さんは金先生の愛の奉仕に感動しナザレ園での奉仕を始められました。熊本にお呼びして、各地で講演してもらいました。

「一日を大事にすること、人を大事にすることがとても大切なこと」だと宋さんから教わりました。

「私たちは死んだら韓国の土になります。魂だけは日本に帰りたい」と言うおばあちゃんたちの願いがあって、日本海の見える丘の上に納骨堂があります。

初めてナザレ園を訪ねてから31年になりました。今も年末、自然を愛する会の会員や子どもたちが街頭募金して集まった支援金を園に届けています。金額はわずかですが、皆さんが捧げた大切な心のお金です。おばあちゃんたちが、祖国日本の土を踏むことはないかもしれませんが、園で平安な日々を過ごされることをお祈りします。

キリマンジャロに登頂

1990（平成2）年2月、アフリカ最高峰キリマンジャロとケニア山を田中琢磨隊長ら8人の山仲間で目指しました。福岡空港を離陸し、ケニアのナイロビ空港に着いたのは2日後。長い飛行機の旅でした。

早速ケニア山を目指し、広いサバンナ地帯を車で走ると、マサイ人が牛やヤギを放牧し移動生活をしています。10歳ぐらいの子どもが40〜50頭もいるヤギを1本のムチで束ね、動かしているのに驚きました。スコールに見舞われ、急坂の悪路で全員車を降りて押したり引いたり。悪戦苦闘でやっと坂を乗り切りました。

ケニア山1日目は、標高4300メートルまで1300メートルほど登ります。ゴツゴツとした岩肌を10時間要し、ようやく全員山小屋に到着するも、何人かは食事もできず横になっても寝付かれないようでした。高山病と判断して6人は下山。

私と田中隊長で午前2時40分、山頂に向け出発しました。風は強く吹き荒れていましたが、星は輝き、間もなくケニア稜線《りょうせん》に朝日が昇りました。午前11時、ケニア山主峰レナナピーク（4985メートル）に立ちました。

皆が待つ山小屋に下山して、全員でタンザニアのキリマンジャロへ移動します。登山口は世界から集まった登山者でにぎわっていました。入山手続きを済ませいよいよ登山です。

ジャングルを切り開いたような石ころの登山道が続き、鳥の声も天然の音楽が聞こえて来るようで快適でした。10人ほどの集団が担架を囲み勢いよく下ってきます。中央下に1輪のタイヤが付いている担架に、高山病になった人を毛布で包みロープでぐるぐる巻きして、ガタガタの悪路を容赦なく下ろすのです。高山病の恐ろしさを目の当たりにし、ケニアでの下山は良い判断だったと思いました。

毎日高度を1000メートル上げて高度順応し、明日は山頂です。高鳴る気持ちを抑えて午後4時に寝袋に入りましたが、夕方から猛吹雪になって一面銀世界です。

せっかくここまで来てアタックできないなんてと、自然の猛威を恨みました。

「3800メートルで高度順応を2日間もしなかったら、天気がよかった昨日、山頂に立てたかもしれない」などと考えながら悔やむなどして眠れない夜でした。

岩永健次隊員の「雪がやんだ」との声に跳ね起き窓越しに見ると、月の光が雪に反射してキラキラ輝いていました。山頂までの扉を開いてくれた自然に手を合わせ、全員深夜の午前1時に山小屋を出発。標高5895メートルのキリマンジャロ山頂に立ちました。この日は私の42回目の誕生日でした。次はいずこの山へ。

キリマンジャロの山頂で。左から2番目が田中琢磨会長、右が岩永健次さん、左が私

星が輝くモンブラン山頂

１９９０（平成２）年は2月にキリマンジャロの山頂に立ち、4月には台湾最高峰の玉山に登り、8月にヨーロッパ最高峰モンブランを目指しスイスのチューリヒ空港に降りました。

今回も8人の登山隊で、うち4人が女性。憧れのヨーロッパアルプスです。登山基地の登山専門店には、氷壁を登るために必要なアイゼンやピッケルが所狭しと並んでいました。ガイドが私の登山靴ではモンブランは登れないと言うので新しい靴を現地で買いました。

モンブランの前にブライトホルン登山です。全員ピッケルを持ち、アイゼンをつけてザイルで結ばれ、急勾配の雪山を歩きます。アイゼンが氷の壁に気持ちよく刺さります。

いよいよモンブランへアタックです。フランス人ガイドがついて登山電車で出発地まで行きます。電車から降りると雪の壁が垂直に突き上がっていて圧倒されます。午前中に渡らないといけない雪の壁がありました。午後は雪が緩んで落石が起こりやすく、今まで数人の犠牲者が出たと言われ走るように渡りました。途中の山小屋3817メートルで泊まり翌朝3時に出発です。

モンブランの山頂に立つ。左が私

一面雪と氷の世界で、空には満天の星が輝いています。山は静まりかえり、ギシギシとアイゼンがきしむ音だけが聞こえます。私たちより先に登った登山隊のヘッドランプの明かりが雪面に反射して、天まで伸ばされた星のようにモンブラン山頂に延びていました。

ガイドにザイルを引っ張られるようにして歩きますが足が前に進みません。途中で同行の2人が山頂を断念してガイドと下山しました。田中琢磨隊長と尾関信泰隊員と私の3人で山頂を目指します。3人のうち1人でも脱落するとその場で全員下山です。

急な斜面と痩せ尾根をフランス人ガイドについて行きますが、ここで足でも滑らせたら終わりだと必死の思いで、ピッケルを持つ手にも力が入ります。山頂付近は広い雪原と氷河。ガイドは歩くスピードを緩めてくれませんでしたが、憧れのモンブラン山頂（4810メートル）に立つことができました。

しかし、下山を始めるとまもなく、尾関隊員が下山困難になり救助要請しました。数分後にはヘリコプターが飛んで来て街へ降ろします。万全の救助体制には驚きました。

田中隊長と私はガイドについて雪山を下山しましたが、登山基地に着いてようやく安堵《あんど》と感激で胸を熱くしました。

新燃岳支援に続き東北へ

2011（平成23）年1月27日、霧島連山の新燃岳《しんもえだけ》が大噴火しました。霧島縦走登山の中間点ぐらいに位置する、エメラルドグリーンの小さな湖がある美しい山です。私も何十回と登った山でした。

2月3日に都城市役所や高原町役場を訪ねましたが、まだボランティアを受け入れるどころではないとのこと。路上は火山灰の山。畑の野菜は灰をかぶり、家の屋根にも灰が積もっています。応援したいが何ができるだろうか。車を走らせると屋根の灰を下ろしている家を見つけました。「高齢者の家は灰下ろしに困っている」とのことです。山登りの技術が生かせると考え、都城市山田地区の民生委員さんを訪ね、「灰下ろしに来ます」と約束して帰りました。

熊本に帰りスコップなど買い、5日に自然を愛する会の会員ら山仲間25人で行く

都城市の民家の屋根で、新燃岳噴火で積もった灰を落とす自然を愛する会のメンバー

と、「本当に来たとですか」と驚いた様子でした。

屋根にロープを張り、安全ベルトを付けて作業しますが、15センチも積もった灰は重たく雨どいにも詰まっています。下ろす度に灰が舞い上がり、作業は大変でした。灰は袋に詰め、灰捨て場に持ち込みますが結構な重さです。老夫婦は「灰の重さに雨でも降れば、家が持ちこたえられるか心配でした」と安堵《あんど》されました。

午前中に1軒、午後に1軒しかできないほど作業は難航しました。熊本から近いこともあり頻繁に行き、山田地区の高齢者住宅14軒を3月13日に終えました。地区の公民館でお礼の会があり、福祉協議会の担当者が「行政はボランティアに屋根の作業はさせられないとの建前があり苦慮しましたが、みなさんに助けていただきました」と胸の内を明かされました。地区の方々とも親しくなり、別れが寂しい思いでした。

一方、前々日の11日に東日本大震災が起きていました。どう対応するか思案しながら帰路につきました。

自然を愛する会では、何ができるかを話し合い、物資の調達や現地に行く方を募り、支援協力のお願いをしました。仙台市にいる知人に安否確認と災害見舞いで電話したとき、「自分も現地にボランティアに行っているからいつでも案内します」と言われ、強い味方を得た気持ちで出発の準備に取りかかりました。

まずは食べ物を届けたいと、保存が効くサツマイモや野菜などを届けることにしました。阪神・淡路大震災の時にサツマイモを支援していただいた大津町の金田厚さんに提供をお願いし、トラック2台に積み込み、マイクロバスに分乗し約2000キロ離れた被災地へ向けて走りました。

「共に悲しみ、共に生きる」

東日本大震災の被災地にサツマイモを早く届けたいと思うのですが、熊本から仙台市まで陸路で2日かかりました。知人の細川光一さん宅に泊めていただき、翌朝細川さんの案内で出発しました。

物資を運ぶ車や自衛隊車両が行き交う異様な雰囲気でした。三陸海岸沿いに車を走らせ「これは戦争の爪痕か」と思わず目を疑いました。流された鉄橋、あめのように曲がった鉄道、陸へ上がった船。田んぼには数えられない車が流されています。テレビで見る以上の惨たんたるものでした。

人の命も生活も思い出もすべて流されている。悲しみに涙が止まりません。被災地の広さにも驚き、どこで何をしていいか分からず、サツマイモをコンテナ単位で避難所に配りました。帰る日には震度6の余震を体験しました。

1回目の反省や、これからの支援のあり方を協議。支援者には被災地の状況の報告もしました。2回目は津波で流された家の撤収作業に従事しました。ほとんど跡形もなく壊れた家の処理ですが、家族写真や通帳までも出てきます。

東日本大震災の被災地で、サツマイモ配布の準備をする自然を愛する会のメンバー

熊本を出発して帰るまで1週間。往復の移動がありボランティア作業は3日間です。3回目からは宮城県気仙沼市の本吉地区で継続して作業することにしました。時間がかかるボランティア受け付けや宿泊所を探す手間が省け、現地での作業時間が多くなりました。

避難所で生活されている方も、家が流され親戚も亡くなり、なかなか重たい口を開こうとされませんでしたが、毎日会うことで話ができるようになりました。区長の藤里國男さんから地震当時の様子をゆっくり聞くことができました。涙が止まりませんでした。

本吉地区の方と「また来ます」「よう来たね」。そんなお付き合いができるようになり、「被災者と共に悲しみ、共に生きる」。そんな気持ちで寄り添えたように思います。

4回目の訪問では、被災者に贈るため春に植え付けして収穫したサツマイモを仮設住宅200世帯に配りました。原発事故の被害を受けた福島県南相馬市の保育園や学校にも届けました。

計4回被災地に行き、延べ75人がボランティア作業に汗を流しましたが、支援金で支えていただいた皆様のおかげでした。

2012年5月に宮城県主催の「海岸林再生キックオフ植樹」に行き、黒松や山桜など2500本の苗を植えました。ようやく復興がスタートした気がしました。

今回の東北での活動は、自然と共に育ち共に生きる「共育・共生」の実践でした。

山の遭難、救助支援隊結成

山登りをしていますと、遭難には胸が痛みます。山での遭難は死につながります。私もこれまで九州の山での遭難で捜索活動をしてきましたが、個人では限界があります。

１９９７（平成９）年の夏、屋久島で熊本の方が行方不明になられました。この捜索を機会に、自然を愛する会でボランティアの「登山救助支援隊」を結成しました。事故があったときには、登山好きの仲間が助け合い、協力し合って捜索活動ができるようにしました。救助装備をそろえ技術訓練も定期的に行い、九州各地の山での遭難などに積極的に出向きます。

警察や消防がいち早く捜索し、最近ではヘリコプター捜索で早期発見されることが多くなりましたが、岩場や雪に埋もれてしまうと難しくなります。

大分県の鶴見岳で遭難者を捜索。手前が私

2014年12月22日に起きた阿蘇高岳での遭難では、数日続いた吹雪のために捜索活動は進まず、警察などの捜索は年内で打ち切られました。私は阿蘇の山で、そのまま放置することはできないと思い、救助支援隊のメンバーと正月返上で連日捜しましたが、広い阿蘇の山で捜すのは容易なことではありません。

尾根や谷筋を何度も登り下りして探すわけですから雪の降る中の捜索は苦労しました。発見できずに帰るときは「今日も空振りか」と疲れも倍になります。

しかし県山岳連盟や「さんすい山の会」のグループも捜索に参加していただき同志の心意気を感じました。行方不明になり42日ぶりに遺体を発見しました。神奈川の自宅へお返しできたのは、山を愛する者が「捜して帰したい」と切実に願い実践した結果でした。

２０１６年、大分県の鶴見岳遭難でも捜索に行きました。すでに警察などの捜索は終わり、家族の依頼で救助支援隊が捜索することになりました。大学生の娘さん2人も必死に捜す姿を見て、一刻でも早く出てきてほしいと願い、39日ぶりに発見しました。

２０１８年3月には久住山で78歳の男性が不明になり警察消防が捜すも発見できず、私たちが捜すことになり16日後に発見しました。昨年12月は宮崎県高千穂町の二ツ岳で捜索しました。どの事例も亡くなってはいましたが、家族の元に帰すことができました。

登山は自然の中で体力も気力も充実できる素晴らしいスポーツですが、危険と表裏一体でもあります。楽しい登山が悲劇になってはいけません。安全に登山を楽しむことが登山者の務めのような気がします。救助支援隊も山を愛する仲間として、これからも何かあれば動きたいと思います。

熊本地震、できることから

ガタガタ、そしてグラグラと部屋が揺れ出し、跳び起きはしたものの動けず、静まるのを待つが、また大きく揺れる。孫たちも一緒に飛び出し、マンションの階段を下りました。

その時、家内のまゆみが3階のおばちゃんが1人でいると言うので、また階段を上り、おばちゃんを連れ出します。白川小学校に行き車で過ごしました。2016（平成28）年4月16日の熊本地震本震の出来事です。

孫たちは怖かったのか父親たちから離れません。私は登山専門店「シェルパ」の見回りへ行きました。商品が倒れていましたが、大きな割れなどなく一安心しました。

スタッフや親戚に安否確認の電話をしますが通じず、朝になると知人らから電話が次々とかかります。翌々日には、福岡の知人で石材会社社長の國松良康さんと息子の祥治さんが、水500リットルに食材などトラックいっぱいに載せて駆けつけていただき、水はシェルパの前で配りました。

息子たちと被災地を回りましたが、益城町方面は熊本市に比べ悲惨な状況でした。避難所になった益城町総合体育館では自然を愛する会の井川寿範さんが忙しく走り回っていました。これまでも多くのボランティア支援をしていただいた井川さんから「赤井地区を支援してほしい」との相談があり、即了解しました。

熊本地震で被災した家の屋根に上り、瓦を下ろす自然を愛する会のメンバー

阪神・淡路大震災や東日本大震災などでボランティア支援に行き、支援場所を1カ所に特定した方が無駄がないことを実感していたので、すぐに井川さんの家を現地連絡所にし

て、赤井地区を重点支援拠点にしました。

すぐにできることから始めようと、自然を愛する会の会員にボランティア支援の協力要請と支援金のお願いをしました。被災した会員には、お手伝いすることはないかを電話で聞き、片付けの応援に行きました。

シェルパは休み、息子たちは同時進行で南阿蘇村役場に行き、物資配りや家の片づけなどしました。身近な熊本で起きた地震で多くの人がボランティア応援に来ます。4日目には第1陣のボランティア隊が、とにかく食べる物を届けようと益城町で温かいだんご汁をつくり提供しました。「阿南さんならすぐに行動するから」と、支援物資や支援金が集まりました。ありがたいことです。

福島原発に近い、福島県南相馬市の郡芳一さんたちは、すぐに車で熊本まで来られ「東日本震災の恩返しです」と、ボランティアに加わっていただきました。津波と原発事故で、農産物も作れず苦しみ、悲しまれた方々が一番に訪ねて来られたのです。大きな心の支えになりました。

心が通い合う支援

熊本地震が起き、自然を愛する会では毎日、益城町赤井地区でボランティア作業に当たりました。区長の城本誠一さん、井川寿範さんらが中心になって地区の復旧作業が進みます。

屋根のブルーシート張りは私たちの専門分野です。熊本の山仲間はもとより、久留米山岳会や鹿児島のクライマーら九州各地の友人も応援に来ました。日頃岩登りなどで鍛えた技術が生かされ、高所でのブルーシート張りが進みます。

がれきの撤収や家の中の片付けなども任せてもらいました。これまでの多くのボランティア実践が生かされました。ボランティアの人も地区の人も一緒に笑顔で作業ができるようになり「また明日ね」と声を掛け合いました。6月になると田植えが始まりました。井川さんの田んぼを「ボランティア田」と名付けてみんなで田植

熊本地震で被災した家の屋根にブルーシートを張る自然を愛する会のメンバー

えをし、私たちにも余裕が出てきました。

城本さんから「赤井の神社が傾いたままです。どうにかなりますか」との相談を受け、会員で建設業社長の緒方博貴さんに相談しました。「みんなでしましょう」と緒方さんが頭領になり、素人のボランティアで復旧作業が始まりました。

ジャッキで持ち上げ、傾いた神社をロープで引き起こします。作業に加わった人数も多く、昼すぎには地区のシンボルが復元しました。稲が大きくなるように、地区もきれいになり復興が進みました。

秋には現地連絡所の解散式を兼ねてボランティア田で作ったお米で地区の方々も

一緒にだんご汁の会を開きました。半年間、赤井地区の方々と共に復興のお手伝いができたことは、「共育・共生」の集大成だったような気がします。

熊本地震を機に「シェルパ」は益城町と防災協定を結びました。私たちが持つ技術やノウハウを共有してもらい、これからの防災にお役に立つなら幸いです。

翌2017年夏、福岡や大分を襲った九州北部豪雨でも出動。家屋の泥出しなど手伝いました。

2018年は西日本豪雨で被災した広島へ支援に行きました。すぐ行けたのは現地に住む三村雅之さんが、被災地や道路状況を調べ情報を寄せていただいたおかげでした。三村さんは2014年の広島土砂災害の被災者。私たちが三村さんの自宅の復旧をお手伝いしたのがきっかけでお付き合いが始まりました。熊本地震でもすぐに支援物資をいただきました。西日本豪雨では熊本からのボランティア宿泊を受け入れてもらい、奥様のおいしい手料理もいただきました。これからも心が通い合うボランティアを実践したいものです。

「シェルパ」を2人の息子に託して

登山専門店「シェルパ」を起業して40年を機に、店を息子たちに譲ることにしました。財産があるわけでなく、息子たちの仕事が増えるだけのことですが。

これまで節目の決断をしてきました。15歳で登山を始め、25歳で店を起業、35歳で株式会社に、65歳で社長を交代しました。長男大吉と次男志武喜が一緒にシェルパで働いてきたことが譲る決定打でした。

2人とも、アウトドア業界で日本を代表する「モンベル」で修業させていただきシェルパに帰りました。結婚して家族を持つこともできましたので、店のこれからを託しました。

シェルパ経営を通して生活の糧をいただきました。もう一つの私の生きている証しが「自然を愛する会」でした。日本の山から世界の山まで皆さんとともに歩きました。ここまで歩んで来られたのも皆さんの支えがあったからのことです。

そして「共育・共生」の実践。子どもたちと共に生活した「やまびこ山村塾」の11年間に、子どもキャンプや海外遠征登山、「参勤交代・九州横断徒歩の旅」は42回目となりました。

被災地支援などのボランティア活動は共に生きる実践でありましたが、皆さんに育てられました。私にとって、指導助言いただいた方々は、偶然ではなく出会う運命にあったと思います。

まゆみとの結婚も山が取り持ち、出会う運命でした。「シェルパはまゆみさんでもっとる」と今でもよく言われ、私もそのとおりと思います。私は自由に登山やキャンプに行き、店はまゆみが切り盛りしていました。貧乏のどん底にあったときも、私は弱音を吐いたりしますが、まゆみは「神様がなさるようにしかならないから心配しないで」と言うくらいです。息子たちの優しさはまゆみ譲りです。私に似たのは3倍働く商人魂のようです。

「参勤交代の旅」熊本城に孫の希乃花と凱旋

阿蘇くじゅう高原ユースホステルの運営を通じ、地元の方ともご縁ができました。爽やかな高原の風に吹かれ、大好きな九重連山の裾野で生活でき、恵まれた環境です。月に数回は九重連山を歩きます。夜はお泊まりのお客さまと旅や山をめぐる楽しい語らいができることが幸せです。

放し飼い鶏の有精卵ぶっかけご飯はユースの超目玉です。少しですが野菜も作り、皆さんに喜んでいただけるようおもてなしします。いつでも誰でも来てもらえるオープンハウスです。

高原の風に吹かれて「自然と共に」

2008（平成20）年に日本ユースホステル協会より阿蘇郡南小国町にある直営瀬の本ユースホステルを運営してほしいとの相談がありました。私は経営理念も知らなかったのですが、ドイツ発祥の宿泊施設で全国各地にあり、旅を通して夢や希望、旅のマナーなどを伝える青少年育成の団体であることを知りました。全国的な宿泊者減少や後継者不足などで継続が難しく、瀬の本も例外ではなく建物も老朽化していましたが、最初に山を目指した久住山の麓にあり、阿蘇五岳を一望できる大草原は魅力でした。私は経営を引き継ぐことにし「阿蘇くじゅう高原ユースホステル」としてスタートしました。

熊本地震で建物も傷み、一度は経営を辞めることを考えましたが日本ユースホステル協会や南小国町の方から継続と復興に力を貸して欲しいと話があり「復興は私

阿蘇くじゅう高原ユースホステルの全景

の使命」と思い、再出発を決意しました。建物を全面改修し、2017年春には自然を愛する会の研修拠点として活動ができるようにしました。「再出発の会」を開き、南小国町の高橋周二町長や日本ユースホステル協会の水野宰理事長に激励の言葉をいただきました。ユースホステルは誰でも泊まることができ、誰でも気軽に話ができるところが魅力です。食事も家族のような雰囲気で一緒に食べます。山の話で夜なべ談義は続きます。

ユースホステルにはさまざまな方が訪れます。「グレートトラバース　日本百名山ひと筆書き」の田中陽希さんや、最近では世界七大陸最高峰に登頂された女性登山家、竹下知恵さんが泊まられました。毎月お越しになる方や庭に花や木を植えてくださる方、旅人・ライダーや登山者など日本各地から泊まりに来られます。

自然を愛する会の皆さんやお客さま、「シェルパ」の仲間など多くの方に支えていただきました。熊本地震という苦難を乗り越え、私が一生の基本理念とする「自然と共に育ち共に生きる、共育・共生」の実践舞台としてユースホステルが与えられたと信じています。

お出でいただいた方が包み込まれるような、平安な心になれるようなユースホステルでありたいと願っています。

お礼と感謝

店の名前を「山の店　シェルパ」としたことで私の第二の故郷はネパールになり、奥地で生活するシェルパ族や８０００メートルのヒマラヤの自然に心癒やされて毎年30年以上も訪ねてきました。シェルパ族の自給自足の生活は歩く速さで時間が流れます。人手が加わらず「自然は自然のまま」生きています。自然体で生きることがどれだけ素敵なことでしょう。

私は15歳の時初めて登った久住山で出会った人々に感動し、山が好きになりました。現在は久住連山の裾、標高９５０メートルの阿蘇・瀬の本高原で生活しています。私の登山人生がスタートした地です。

自然と共に育ち共に生きる「共育・共生」を生活の基本理念としてきました。これからも皆さまと共に「共育・共生」実践の場として、自然を愛する会研修センターと旅人のユースホステルとして、「自然が大好き」「人が大好き」という私の願う理想郷で「生きている証」を続けて生きます。

これまで同様、ご指導とお支えいただきますようにお願い申し上げ、心から感謝の意を表します。読んでいただきありがとうございました。

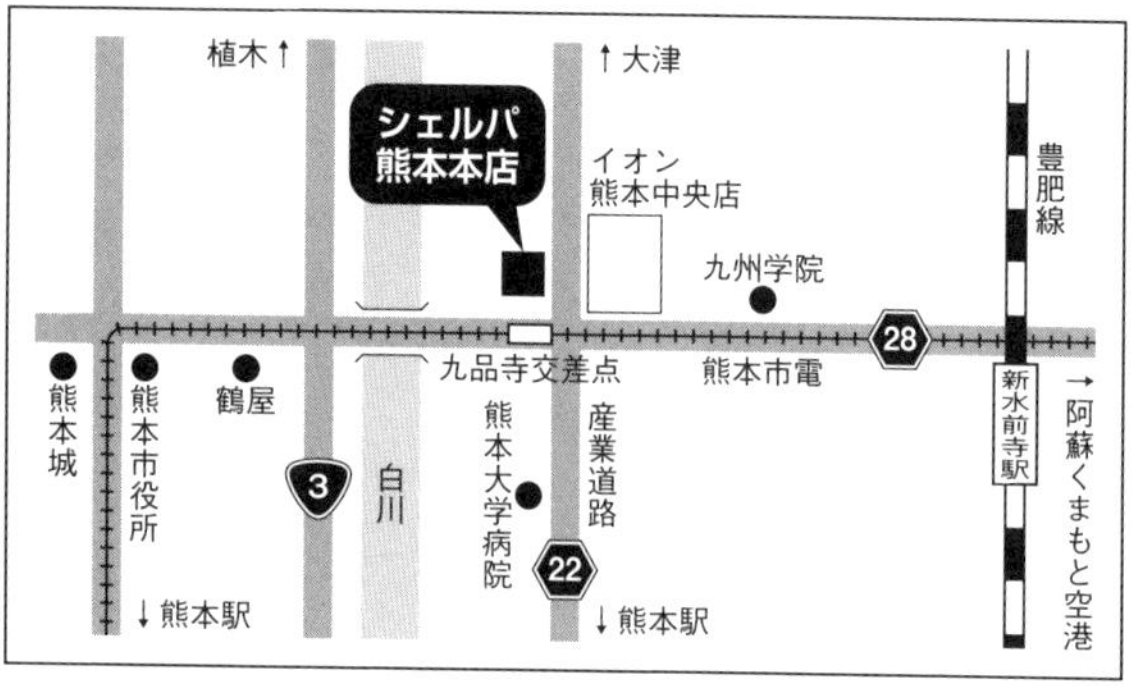

株式会社 登山専門店 シェルパ 熊本本店
〒862-0975　熊本市中央区新屋敷1-14-30
TEL 096-362-9585　FAX 096-371-8005

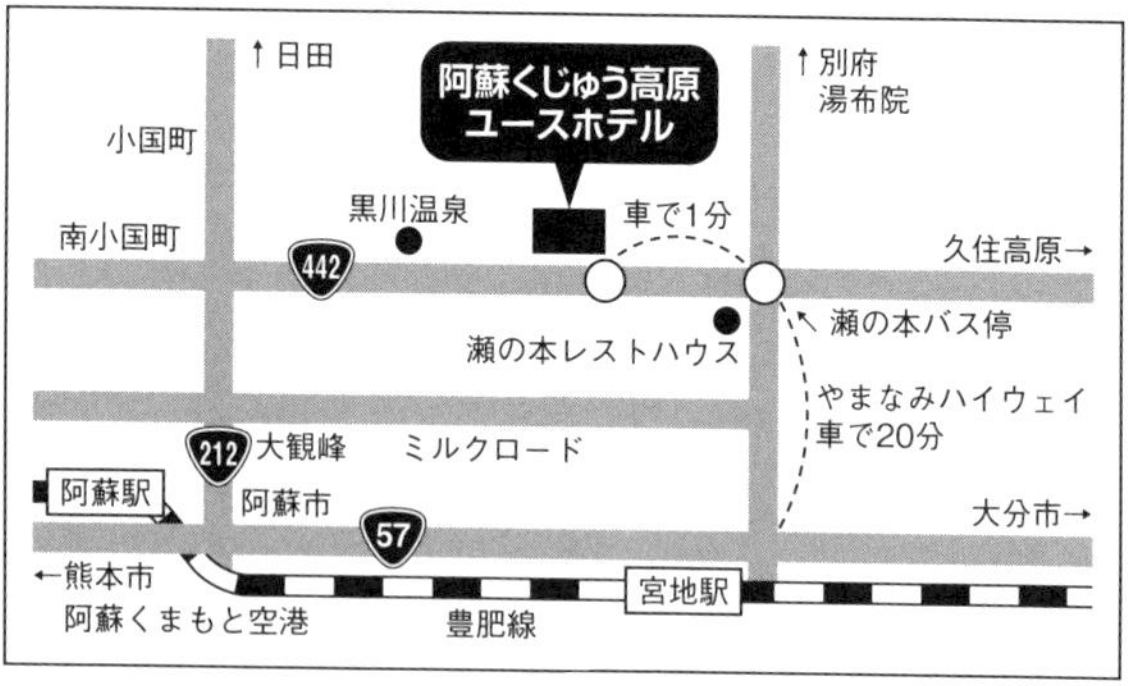

阿蘇くじゅう高原ユースホステル
〒869-2400　熊本県阿蘇郡南小国町満願寺6332
TEL 0967-44-0157　FAX 0967-44-0297
（阿南携帯）090-7399-4911

シリーズ・わたしを語る

各界で活躍する熊本人を対象に、その人ならではの人生行路を思う存分語ってもらう「熊本日日新聞」朝刊長期連載シリーズ。

阿南誠志「自然と共に」は2019年８月10日から同９月13日まで33回にわたり連載。

自然と共に

2020（令和２）年２月12日　発行

著者　　阿南誠志
発行　　熊本日日新聞社
制作・発売　熊日出版
（熊日サービス開発株式会社出版部）
TEL 096-361-3274　　FAX 096-361-3249
https://www.kumanichi-sv.co.jp/books/
装丁　坂田春奈
印刷　株式会社チューイン

ISBN978-4-87755-602-0　C0075